AF370903

ESSAY
DE SATYRES
NOUVELLES.

Satyre premiere sur les Auteurs, &
sur les ... du Siecle.

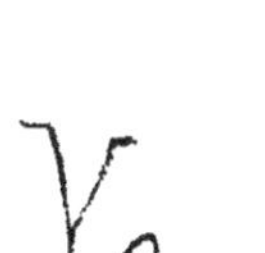

A PARIS
M. DC. XCIV.

ESSAY DE SATYRES NOUVELLES.

Satyre premiere sur les Auteurs, & sur les vices du Siecle.

QVOY toûjours fatigué de mille Auteurs divers,
Sans écrire à mon tour, entendray-je leurs vers?
Entendray-je toûjours Didon abandonnée
Accuser les rigueurs de son perfide Enée?
Plus que Iason ie crains le funeste courroux
De Medée importune en ses transports jaloux.
L'Aurore me déplaît, quand elle arme Céphale
Du trait qui doit un iour déchirer sa Rivale.
Quand ie veux procurer le sommeil à mes yeux,
Ie lis ces vains amas d'ouvrages ennuyeux,
Ces sonnets, ces rondeaux, ces plaintes amoureuses,
Ces Eglogues sans sel, ces Odes langoureuses,
Dont mille Auteurs nouveaux pensent nous regaler
Iusques à BORDELIN, tous veulent s'en mêler.
En dépit des Neuf Sœurs, chacun pretend écrire,
L'un s'atache au Theatre, & l'autre à la Satyre.
 Depuis que DESPREAUX, paisible & vieux Lyon,
Pour combatre le vice, a moins de passion,
Le dernier des grimauds, prest à remplir sa place,
Imite Iuvenal, s'arme des traits d'Horace,
Et de ces deux Auteurs déchirant des lambeaux
Construit un mauvais tout des endroits les plus beaux,
L'un fait parler Horace en un stile insipide,
Et s'embarque au hazard sans étoile, & sans guide.
L'autre plein de luy même, enflé, présomptueux
Habille une Satyre en vers impetueux,
Il chausse le Cothurne, & sa Muse superbe

Ne s'explique jamais qu'en phrases de Malherbe.
On diroit que Brutus par son zele emporté
Veut du sang de Cesar sceller la liberté,
Qu'il peint avec transport la bataille fatale
Où Rome vit ses Dieux partagez dans Pharsale.
Mais ce stile n'est bon qu'à des faits inoüis.
On ne doit s'en servir que pour chanter LOVIS.
Le vers de la Satyre est semblable à la prose,
Ostez-en la mesure, il n'est rien autre chose.
Doit-on en vers pompeux, fade declamateur,
Attaquer les defauts d'un ridicule Auteur ?
En vers plus naturels la Satyre s'explique,
Du fameux Desmarets on vante la Musique,
Il compose aisément, son Opera plaît fort,
Comm'un Cygne mourant Didon chante sa mort,
Ell' a de tout Paris emporté le suffrage,
Mais avant qu'il fut fait, j'avois veu cet ouvrage.
Saintonge dans ses vers fait revivre Quinaut,
Mais un RENARD plus fin prétend môter plus haut,
Les vers de son cerveau coulent en abondance,
Il employe à propos la Lyrique éloquance ;
Mais malgré son talent ses amis sont surpris
Qu'on ait jûqu'à cinq fois veu Cephale, & Procris.
Silla craint de trouver la même destinée,
A ne point voir le jour je la croy condamnée.
Le métier du Theatre est un pauvre métier,
A moins que l'on n'excelle autant que Ch.....
De B..... son amy la muse satyrique
A contre les jaloux défendu sa musique.
Maître dans l'Art d'Orphée, il en sçait le plus fin,
Mais je voudrois qu'il fit un Opera Latin.

    C'est ainsi qu'autrefois pour égayer sa bile
Horace fit la guerre à Gorgon, à Lucile ;
C'est ainsi qu'un censeur qui voudroit nous charmer
A construire ses vers devroit s'accoûtumer.

Comment peut on blâmer une inutile emphase
Tandis que jusqu'au Ciel on fait monter Pegase?
   Nous voyons parmy nous de ces fades Rimeurs
Qui se chargent du soin de diriger nos mœurs,
Et l'on sçait toutefois qu'ils sont sujets aux crimes
Qu'attaquent follement leurs satyriques rimes ?
DAMIS doit tout son bien au seul démon du ieu,
Et contre les joüeurs sa muse est toute en feu;
Cherche t-il dans Paris quelque sujet de rire.
Vn joüeur luy devient un objet de satyre.
A peine a t-il quitté les dez & le cornet,
Il entre tout réveur seul en son cabinet,
Avec chaleur il peint les regards effroyables
D'un joüeur furieux qui renverse les tables,
Qui brise tout, qui fait des sermens odieux,
Qui deteste à la fois les Hommes & les Dieux;
Mais le Lecteur blâmant cette imprudence extrème,
Dit, j'en connois l'auteur; c'est Damis; c'est lui-même.
C'est ainsi que souvent temeraires railleurs,
Ce qui se trouve en nous, nous le blâmons ailleurs.
MICROMATHE & DUPUY condânent la manie
D'un Rimeur qui compose, & n'a point de génie.
BONTOUR, dont le bon heur aux Pupilles fatal
De mille mal heureux a remply l'Hôpital,
Le coupable BONTOUR, l'opprobre des Notaires
Ose de fourberie accuser ses confreres,
   Le jeune LISIDAS fuit en tout ses desirs,
Et pretend s'ériger en censeur de plaisirs.
   Vn certain jeune Abbè trop avide de gloire,
Qui du Ciel pour talent n'eut qu'un peu de memoire,
Depuis deux jours au plus dans la Chaire monté
Se plaint quand LYCAS prêche un Sermon acheté,
Les siens luy coûtent peu; mais il veut qu'on les loüe,
Et qu'on les prise autât que ceux de BOURDALOUE,
Et que ceux de BIGNON, D'ANSELME, & de
LAMBERT,

De Boileau, de la Tour, de la Rüe, & d'Hubert.
Sans doute il a raison, de l'un d'eux c'est l'ouvrage,
Et par un coup de maître il sort d'aprentissage,
Selon luy FLECHIER est sec sans ornemens,

MASCARON sans esprit, HARLAY * sans agrément.

BAVDET soit par credit, soit par l'argent qu'il dône
A surpris le bonnet de Docteur de Sorbonne,
Tout fier de son harnois, quoy qu'il soit ignorant,
Il méprise FOURMY, RENAUDOT, & FERRANT,
Qui par leur vif esprit penetrent les mysteres
Qu'enferment des Hebreux les obscurs caracteres,
Dont le profond sçavoir, & le nom glorieux
Aux plus doctes Prelats est cher, & pretieux,
Il se mocque des gens qui luy vätent DU CANGE,
Et qui de MABILLON font la moindre loüange.

Il improuve CLAUBERGE *! Il estime GOUDIN,
Il met le grand ARNAULD au dessous de GRANDIN.

SACY, FLEURY, DUPIN n'ont pas l'heur de luy plaire
Tous ces gens sont pour luy canaille litteraire.
Il dit qu'il faut hüer ceux qui vantent HUET,

GROTIUS, & MARSHAM*, BULLUS,* BOSSUET.

Il decide sur tout, en Souverain il tranche.
Que SIMON est un âne, aussi bien que Malbranche.
Malbranche, qui voit Dieu, ne voit pas qu'il est fou,
(dit-il) prés de Guischard, Paschal n'êt qu'un hibou,
Thomassin n'entend rien aux matieres qu'il traite.
La somme de Becan est un' œuvre parfaite.
Tilmont n'est qu'un tissu de mille faussetez.
Descartes des Anciens a pris ses pauvretez.
Pezron est un grand fat de croire que les Scithes

L'an vint six d'Osias sortans de leurs limites,
Et des extremitez du froid Septentrion
Sont venus en Judée exterminer Sion; *
C'est un sot de prouver par des Auteurs prophanes,
Que nos Commentateurs ne sont tousque des ânes,
D'avoir cru qu'Abdias, Joël, Ozée, Amos
Parloient d'une Chenille,& non du Roy des Gots.
Des livres du fameux Janseniste Nicole
Je serois bien faché de donner une obole,
Mais rien n'est si dévot & galant à mon sens
Que les billets en vers de l'Abbé Saint-Vf....
Le Prêtre OLIGOMATHE est un puits de science,
Son livre meritoit plus grande recompense *
Jamais nos vieux Docteurs n'ont rien fait de si fin,
Il en sçait plus luy seul que Bail*& Tambourin.*

Ainsi parle BAVDET: Il eut été plus sage
S'il eut toûiours gardé les bœufs de son village,
GRANSSOT fait depuis peu le métier d'Avocat,
Iamais dame Themis ne vit un plus grand fat;
Il ignore les Loix, le Code, & l'Ordonance,
Et moins que les poissons il a de l'éloquence,
Cependant au Palaisil fait le Rodomont,
Et se met au dessus de Nivelle & Dumont.
BILLARD sans ses ecus ne seroit pas de mise,
Et pour le Droit Canon, & matieres d'Eglise
Il croit qu'auprés de luy Vaillant, Noüet, Sachot
Sont de grands ignorans, & Barbier un sot,
L'hypocrite PHILARQUE ecrit, fulmine & crie
Comm' un zelé devot contre la Comedie.
Les Dames en Eté vont moins souvent au Cours
Que PHILARQVE au Theatre, on l'y voit tous les iours.
GRASSET qui ne bougea jamais des Thuilleries,
Se plaint qu'un Commandeur en fait ses galeries.
BARDOUILLET dont le stile est si rude & si dur
Se raille de MENAGE, & dit qu'il n'est pas pur.

DEUX BEAUTEZ qui font bruit par leurs
coqueteries
De la sage CLORIS font des plaisanteries.
Le Chantre CHALUMEAU qui boit chaque matin
En se levant du lit quatre pintes de vin,
Trouve mauvais qu'on donne un peu de vin aux Moines,
Et dit qu'il n'est permis d'en boire qu'aux Chanoines.

LE CLERC * dans ses ecrits bat les Photiniens,
Dans l'ame on sçait qu'il est tout aux Sociniens.
En guerre, dit THRASON, & dans un temps
que NOUAILLES
Prend des Villes d'assaut, & gagne des batailles,
Que l'invincible fils d'un invincible Roy
Iette dans le Brabant la terreur & l'effroy,
Que pour fuir devant LORGE en Alsace on se noye,
Et qu'au delà des Monts CATINAT tout foudroye
Ie ne sçaurois souffrir qu'un fat de qualité
Retiré dans son Fief, vive en oisiveté ;
Mais THRASON qui reproche aux autres la retraite
N'a iamais veu combat que dedans la Gazette.
L'IBERE & L'ALLOBROGE unis aux Protestans
Des fauteurs de la Foy font des Mahometans.
MARON dans S. V.... prêche la modestie,
Défend qu'on gesticule, & ne veut pas qu'on rie.
Cependant le fameux Pantomime Arlequin
Disoit qu'il n'étoit pas à beaucoup près si fin
Que le docte MARON en fait de singerie,
Et fut prendre chez luy leçon de mommerie.
PANSSOR cet écrivain sur la Religion
Plus gros de vanité que d'erudition,
Qui long temps enseigna l'Histoire à S. Magloire
Lors qu'il estoit encor Prêtre de l'Oratoire,
Des vices de M...... témoigna plus d'horreur,
Et declama contr'eux avec plus de fureur
Pour de pareils renonce à la Foy de l'Eglise,

Et pour une Maîtresse il quitte la Prêtrise;
L'un s'enferme à Septfans, pour jeûner & prier;
L'autre dans Amsterdam cherche à se marier;
L'un pour vivre à son gré quite Rome & la France,
L'autre court au dezert pour faire penitence.
    Ah ! que si Iuvenal iustement furieux
Pouvoit pour un moment revenir dans ces lieux,
En ses termes picquans exprimant sa furie?
Ie croy déja le voir qui s'emporte, & qui crie,
Que ne m'est-il permis de traverser les Mers,
Et de me retirer au fonds de l'Univers?
Des scelerats masquez, Catons en apparence
Pour blâmer leurs pareils ont assez d'insolence.
Il faudroit en ce temps un semblable censeur,
Qui découvrit le crime, & toute sa noirceur.
    Vit-on iamais un Siecle en crimes plus fertile ?
Pour amasser de l'or on trouve tout facile ;
On traitte avec l'Enfer par des pactes affreux.
On se lie aux Demons par d'execrables nœuds.
L'Homme qui sur les Ours eut un pouvoir suprème,
Ne peut dans son couroux se moderer luy même:
Le Royaume autrefois estoit par les düels
Remply d'assassinats & de meurtres cruels.
Aux düels inhumains les poizons succederent.
Puis d'un infame amour les Hommes s'embraserent.
La basse yvrognerie à la mode à son tour
Vint abbrutir la Ville, & dégrader la Cour.
De Moines defroquez les Villes sont pavées,
Et de tous les Convents les barrieres levées,
De leur crasse à Paris font un egout affreux,
L'habit d'Abbé confond le Carme & le Chartreux.
    Quand on voit RADAMANTHE, on diroit que
    le vice
Est la seule Partie au procés qu'il haïsse;
Mais un Prêtre * le choque, & luy perce le cœur

* Mr l'Abbé Hüon, Homme de merite, Prêtre tres-vertueux, plaidant il y a dix ans la Cure de S. Hipolyte lez Paris, contre le fils d'un Secretaire d'un president.

En ne luy donnant pas le nom de Monseigneur :
On a beau luy iurer qu'il est d'ailleurs bon Prêtre,
Qu'il est sage & sçavant . . . Ah, cela ne peut être
(dit-il) c'est un impie, un chien, un idiot,
Un scandaleux ; un ane, un imbecille, un sot,
Qui ne merite pas d'avoir un Benefice,
Sans l'entendre parler, il faut qu'on le punisse,
Qu'il perde son procés, quoi qu'il soit juste & bon,
Avec tous les dépens, & restitution.
Cet avis est suivy, tout le Conseil l'embrasse,
Le Prêtre veut gronder, d'exil on le menace.
D'exil, sous le plus Iuste & le plus doux des Rois,
Qui veut que tout se fasse & regle par les Loix ?
N'est-ce donc pas assez pour assouvir la haine
De l'ame la plus dure, & la plus inhumaine
De dépoüiller un Homme, & luy ravir son bien
Sans aioûter l'insulte, & le traiter de chien ?
Encore si ce Prètre avoit eu quelque vice
Qui l'eût rendu coupable aux yeux de la Iustice ;
Mais la Iustice en luy ne trouve d'autre mal,
Sinon qu'il a donné son bien à l'Hôpital.
    O Dieu, soyez l'appuy de la foible innocence,
Qui n'a que la priere, & les pleurs pour defense.
Quoy, Seigneur, un Laïque, ose iuger vos Oints,
Et depossede un Prêtre, en disant qu'il vaut moins
Que le fils de son Clerc qu'il veut mettre à sa place ?
Mais d'où luy peut venir une si grande audace
De iuger du merite, & des meurs d'un Curé
Comm' il fait des confins d'une terre ou d'un pré ?
Sur les pieces du sac il doit iuger l'affaire,
Et ne pas usurper le sacré ministere
De vos Pontifes Saints, dont l'employ le plus beau
Est d'un sage Pasteur de pourvoir le Troupeau.
            Fin de la 1. Satyre.